黒田杏子

俳句コレクション4

櫻

髙田正子 編著

コールサック社

目次

黒田杏子俳句コレクション4

櫻

高田正子 編著

杏子は「櫻」と書いた。
出版物によっては「桜」も存在するが、
社内規定による表記である。

Ⅰ

「句碑」の櫻

六句

写真撮影：黒田勝雄

秩父菊水寺句碑除幕　2013年7月

秩父・菊水寺

花満ちてゆく鈴の音の湧くやうに

『日光月光』

昭和五十五年七月七日指定
埼玉県教育委員会
秩父市教育委員会
菊水寺
昭和五十八年三月

秩父・光西寺

禱る禱る歩く歩く花の國

『八月』

禱る禱る
歩く歩く
花の國

高知・金剛福寺

たそがれてあふれてしだれざくらかな

『一木一草』

高知・金剛福寺

花ひらくべし暁闇の鈴の音に

『花下草上』

花ひらくべし暁闇の鈴の音に

高知・金剛福寺

なほ残る花浴びて坐す草の上

『花下草上』

なほ残る花浴びて坐す草の上

高知・石見寺

花巡る一生《ひとよ》のわれをなつかしみ

『花下草上』

黒田杏子（1938～2023）の句碑は六県に二十二基ある（26ページ一覧表参照）。そのうち〈櫻〉の句碑は六基である。作句順ではなく、建立順に読んでいこう。

花満ちてゆく鈴の音の湧くやうに

二〇一三（平成二十五）年七月、秩父観音霊場第三十三番延命山菊水寺（埼玉県）に建立。句は『日光月光』所収。二〇〇七年作。

観音霊場吟行は「藍生」の結社を挙げての吟行企画であったが、その掉尾を飾ったのが秩父三十四ケ寺の吟行である。杏子と「藍生」の連衆が菊水寺を訪れたのは、句碑建立の前年、二〇一二年四月のこと。同時に百観音結願※寺である水潜寺へも詣でている。句碑の建立は満願を寿ぐものととらえてよいだろう。このときの吟行では、

結願の杖すすがばや春銀河　『銀河山河』所収
月満ちて花の秩父となりにけり　『同』

などの十句を発表している。

〈櫻〉と「鈴の音」の取り合わせはそれ以前にも作句例がある。杏子にとっては大切なモチーフなのである。例えば、

身の奥の鈴鳴りいづるさくらかな　『花下草上』一九九七年
花ひらくべし暁闇の鈴の音に　『同』一九九八年
みな過ぎて鈴の奥より花のこゑ　『同』二〇〇一年

のように。だが、今から開きゆく佇まいではなく、また満ち切った風情でも

なく、満ちながら更に「湧く」さまを刻みたいと考えたのではなかろうか。

※「百観音」とは、観音を祀る西国三十三ヶ寺、坂東三十三ヶ寺、秩父三十四ヶ寺の合わせて百寺を指す。

禱る禱る歩く歩く花の國

二〇一七（平成二十九）年四月、秩父・曹洞宗松風山光西寺（埼玉県）に建立。句は『八月』所収。二〇一六年作。

「藍生」二〇一六年四月号の表紙裏（表Ⅱ）に「秩父久月《ひさつき》櫻　埼玉県小鹿野町しだれ櫻の里」として写真（黒田勝雄氏撮影）とこの句を掲げた杏子の短文が載っている。

土地の方のほかどなたも知らないしだれ櫻の浄土・埼玉県秩父郡小鹿

野町三山字久月。檀家八軒の無住寺。曹洞宗松風山光西寺の寺領に檀家総代・永代世話人の新井清さんほかの皆さんが「人に喜んでもらえることを。この集落にのちのちまで皆さんが訪れて下さることを」と希って三十年余り。力を合わせて毎年植えつづけたしだれ櫻がおよそ二百本。三山川の響きと凜冽な山気の中に咲きあふれているのです。（略）

日本中の櫻を巡ってきておよそ半世紀。花行脚の老女は、土地の方々のまごころと禱りの賜物とも思う仙境、秩父久月の〈しだれ櫻の里〉に辿り着いたのでした。

実はこの句には同じフレーズを使った先行句がある。

禱る禱る歩く歩く青葉闇　『花下草上』二〇〇五年

「まごころと禱り」のしだれ櫻に圧倒されつつ、自身の花行脚の半世紀を顧み、「花の國」と上書きを施して句碑に刻んだのではないだろうか。

この上書きは効いていると筆者は思う。

たそがれてあふれてしだれざくらかな
花ひらくべし暁闇の鈴の音に
なほ残る花浴びて坐す草の上

二〇一七（平成二十九）年、四国観音霊場第三十八番蹉跎山金剛福寺（高知県）に建立。句は順に『一木一草』所収、一九九〇年頃の作、『花下草上』所収、一九九八年、二〇〇一年作。

金剛福寺には本堂を囲んで十二柱の句碑が同時に建立された。そのうちの三柱が櫻の句碑である。

四国観音霊場吟行で当寺を訪れたのは二〇〇〇（平成十二）年五月。同時建立の一柱にもなっている、

雨林曼荼羅螢火無盡蔵　杏子

は、このときの作である。「蹉跎のお山」の螢のエピソードについては、同シリーズ『螢』参照。

花巡る一生《ひとよ》のわれをなつかしみ

二〇二三（令和五）年三月二十一日、真言宗浄瑠璃山石見寺（高知県）に建立。句は『花下草上』所収。一九九八年作。

二〇二三年三月十三日に亡くなった杏子の、最後にして没後に建ち上がっ

た句碑となった。従って夫君の黒田勝雄さん撮影の写真も無い。杏子から「四万十に句碑を作ってもらえることになったのよ。どの句がいいと思う？〈一生のわれ〉の句がいいんじゃないかしら」と電話があったのは、さていつのことであったか。さほど昔のことではないが、文字通り「なつかしむ」句になってしまった。ちなみに最終句集『八月』には、これを踏まえた句が載る。

四万十市石見寺に句碑

花巡る一生《ひとよ》のわれの句でありぬ　　二〇二三年

「藍生」同年四月号（杏子選の雑詠欄「藍生集」が掲載された最後の号）の主宰詠でもある。

【黒田杏子句碑一覧】

句	所在地	除幕日
おぼろ夜の赤亀にのる鐘ひとつ	高知県 赤亀山延光寺	2000年5月21日
白妙の土佐寒蘭の香なりけり	〃	〃
摩崖佛おほむらさきを放ちけり	新潟県佐渡 称光寺岩谷洞前	2006年4月30日
涅槃図をあふるる月のひかりかな	和歌山県高野山 無量光院	2007年6月3日
稲光一遍上人徒跣《かちはだし》	愛媛県松山 寶嚴寺 (一遍上人生誕地)	2010年9月12日
佐渡そこに後の月夜の寺泊	新潟県寺泊 みなと公園	2010年9月18日
鮎のぼる川父の川母の川	栃木県 那珂川河畔	2012年6月23日
花満ちてゆく鈴の音の湧くやうに	埼玉県 延命山菊水寺	2013年7月6日
禱る禱る歩く歩く花の國	埼玉県　曹洞宗 松風山光西寺	2017年4月10日
ガンジスに身を沈めたる初日かな	高知県 蹉跎山金剛福寺	2017年12月3日
花ひらくべし暁闇の鈴の音に	〃	〃
たそがれてあふれてしだれざくらかな	〃	〃
なほ残る花浴びて坐す草の上	〃	〃
漕ぎいづる螢散華のただ中に	〃	〃
雨林曼荼羅螢火無盡蔵	〃	〃
日光月光すずしさの杖いつぽん	〃	〃
能面のくだけて月の港かな	〃	〃
飛ぶやうに秋の遍路のきたりけり	〃	〃
いちじくを割るむらさきの母を割る	〃	〃
柚子湯してあしたのあしたおもふかな	〃	〃
白葱のひかりの棒をいま刻む	〃	〃
花巡る一生《ひとよ》のわれをなつかしみ	高知県　石見寺	2023年3月21日

作成＝成岡ミツ子

Ⅱ　花を待つ

十二句

花いまだ念佛櫻とぞ申す

『一木一草』

お四國の花待つ闇となりにけり

『花下草上』

本郷のさくらひらくと母に告げ

『花下草上』

働いて睡りてふたり花を待つ

『花下草上』

初花やご恩返しといふ言葉

『日光月光』

花を待つひとのひとりとなりて冷ゆ

『日光月光』

みちのくの花待つ銀河山河かな

『銀河山河』

花を待つ地震ふる國に句座重ね

『銀河山河』

一日は二十四時間花を待つ

『銀河山河』

花を待つずつとふたりで生きてきて

『銀河山河』

秩父第三十四番　水潜寺

百観音結願の初櫻かな

『銀河山河』

生くること死ぬこと花を待つことも

『銀河山河』

黒田杏子といえば「おかっぱ」「もんぺ」の「櫻」の俳人というイメージが定着している。が、最初から一片の迷いもなく一直線に俳句の道を突き進んだわけではない。大学を卒業し就職すると同時に俳句を離れ、試行錯誤しながら二十代を過ごしている。染織、陶芸、演劇など、好きな道がいくつかあって試したのだという。そして三十歳を目前に句作で道を貫こうと決意し、大学時代の恩師・山口青邨に再入門を願い出た。「いいでしょう。学びすぎて死んだ人はいません。大いに学んでください」と青邨は杏子を受け入れたのだった。

三十から再開する俳句は母に導かれたのでも、友人に誘われた課外活動でもない。私自身が生涯の「行」と決めてとり組むのだ。忙しいとか、才能がないとか、くたびれたとか、ともかく言い訳、泣きごと、愚痴はいっさい言えないのだ。それじゃどうしよう。

（「花を巡る　人に逢う」『季語の記憶』）

そして思いついたのが「日本列島櫻花巡礼」だったのである。

第Ⅱ章には〈花を待つ〉句を収めている。「藍生」の会員であった筆者は、杏子の作品を通して当然のように〈花を待つ〉を季語として受け止めてきた。だが、これを見出し語にしている歳時記は、少なくとも手持ちの範囲には無い。〈春を待つ〉ならばどの歳時記にもある。春隣、つまり冬の季語である。同じ「待つ」でも〈花を待つ〉は「花」を射程に捉えたいから、季語として立ち上がるのは立春のころからと考えてよいだろう。待つ分にはいつからでも待てるというわけではないのだ。〈花を惜しむ〉はどの歳時記にも季語として載っている。待つほどのものゆえ惜しまれるのである。ここでは一対の季語としてとらえることにしてみたい。

杏子の句集に収められた〈花を待つ〉句は二十一句、待った甲斐あっての〈初花〉の句は十一句ある。第Ⅱ章にはそのうちの十二句を収めた。

花いまだ念佛櫻とぞ申す　『一木一草』

〈花を待つ〉という形では詠まれていないが、紛れもなくその心が汲めるので挙げている。『一木一草』は制作年の記載が無い句集だが、この句は一九九三（平成五）年四月四日、滋賀県姨綺耶山長命寺での作である。「西国観音霊場吟行」の第六回。筆者も現地に居合わせたのでよく覚えている。すでに四月であったにもかかわらず、見事に一花も無かったのである。当日の句形は〈花末だ念佛櫻とぞ申す〉。「花末だ」と、ルポでもあり挨拶でもある句に畏れ入ったことのみが記憶に残る。

第三句集『一木一草』までに収められているのはこの一句のみ。〈花を待つ〉は第四句集『花下草上』以降に頻出する「季語」である。ここで季語に「 」を付けたのは、杏子の考え方や生き方を示す哲学のようなものとしてとらえているからだ。

三十歳で発心した単独行の「日本列島櫻花巡礼」を、自ら満行としたのは五十七歳のとき。杏子は六十歳で定年を迎えるまで勤めを続けたから、日常生活を送りながら千日回峰行を修めるに似た荒行であった。その行を果たして初めて流麗に口をついて出るようになったことばを、思想、概念と呼ぶと抽象的に過ぎ、語と呼ぶといささか部品っぽいと考えたところで、はたと膝を打った。季語とは両者を兼ね備えたもの、まさに言霊そのものではないかと。一周回って元へ戻った感がある。単なる部品ではないゆえ、句の中で納まりが悪いからとたやすく取り換えるものではなく、単なる概念でもないから、確かな実感のないままに机上でもてあそぶものでもないのである。

花ひらくべし暁闇の鈴の音に　『花下草上』一九九八年

お四國の花待つ闇となりにけり　『花下草上』同

この二句は、

やうやくにをんな遍路をこころざす　「四國八十八ヶ所遍路吟行」スタート

この句に始まる五句の中にある。「闇」とは行き惑う闇ではなく、夜明けを待つ、期待感の濃密な闇である。「四國遍路吟行」の「スタート」は一九九八（平成十）年三月。第五十一番熊野山石手寺（愛媛）からである。

本郷のさくらひらくと母に告げ　『花下草上』一九九九年

初花やご恩返しといふ言葉　『日光月光』二〇〇八年

秩父第三十四番　水潜寺

百観音結願の初櫻　『銀河山河』二〇一三年

〈初櫻〉の句は概して明るい。ほっと最初の息を吐いた後の開放感といおうか。栃木に住む母へ、かつて住んだ本郷の櫻の開花を告げる一句目。二句目は「飯田俊子さま」と前書のある句（悼句）を前に置く。杏子の俳壇デビューのきっかけとなった「現代俳句女流賞」をもたらした飯田龍太をはじめ、縁のあった方々を思っているのではなかろうか。三句目は百観音結願寺（第I章参照）水潜寺での作。「藍生」の観音霊場吟行は、前年の四月に結願している。次の花の季節が始まったという感慨だろう。

働いて睡りてふたり花を待つ　『花下草上』二〇〇五年

花を待つずつとふたりで生きてきて　『銀河山河』二〇一三年

「ふたり」とは黒田夫妻のこと。一句目の「ふたり」は六十代である。超多忙なふたりにとって家は眠るためだけに帰る場所であったかもしれない。二句目はその八年後の作。歳月を超えて「ずつとふたりで」の境地に達している。

花を待つひとのひとりとなりて冷ゆ　『日光月光』二〇〇八年

生くること死ぬこと花を待つことも　『銀河山河』二〇一三年

一句目には芯まで冷えた身体に宿る熱き心を思う。〈花冷〉とは違う。花はまだ先なのだから。二句目では「花を待つこと」は生死と同列、死ぬその日までを生きることに等しいという。二〇一一年の東北の災禍（天災と人災）は杏子に新たな覚悟をもたらすことになった。

みちのくの花待つ銀河山河かな　『銀河山河』二〇一三年

花を待つ地震ふる國に句座重ね　『銀河山河』同

句集には3・11後の「みちのく」への挨拶として、一連の句と受け止められるように置かれている。この災禍を経て、杏子は改めて自分の生き方（死に方）を確かめたようである。即ち、どんな日々が来ようと、二十四時間詠み、三百六十五日書き、句座を重ねる生き方をしてゆくのだ、と。

Ⅲ　花の満ちゆく

十五句

夕櫻藍甕くらく藍激す

『木の椅子』

引据ゑて夜《よ》山車《だし》のとよむ遅櫻

『水の扉』

花衣つめたき酒を好みけり

『一木一草』

花に問へ奥千本の花に問へ

『一木一草』

身の奥の鈴鳴りいづるさくらかな

『花下草上』

西國吟行　播州清水寺　明石大橋開通の日

海に橋観音あかり花あかり

『花下草上』

山姥の一夜を臥しぬ花の下

『花下草上』

千年のさくら振り向くことなかれ

『花下草上』

花三分睡りていのち継ぐ母に

『花下草上』

禱りつつ急くな嘆くなさくら咲く

『日光月光』

花冷や記憶のこゑに燭献じ

『日光月光』

花の木のほとりにあそぶ尉と姥

『日光月光』

かなしまむ哭かむ嘆かむさくら舞ふ

『銀河山河』

天上飛花海底落花西行忌

『銀河山河』

灯してふたり棲む家花の家

『銀河山河』

第Ⅱ章に記したように、杏子は三十歳のときに「日本列島櫻花巡礼」を始めている。第一句集『木の椅子』には一九八〇（昭和五十五）年八月まで、第二句集『水の扉』にはその後の三年間の句が収められているのだが、このとき杏子は四十五歳。つまり十五年分の櫻の句が入集しているはず——と思うかもしれないが、さにあらず。

夕櫻藍甕くらく藍激す　『木の椅子』一九七五年

引据ゑて夜山車《よだし》のとよむ遅櫻　『水の扉』一九八一年

句集に収められたのはそれぞれ一句ずつであった。むろん詠んでいなかったはずはない。

句集に収めたいと思う作品は、自分のこころのかたち、想いの深くしみこんでいるものという自選基準に従ってきました。

（『黒田杏子句集成』あとがき）

この杏子の方針に、櫻の句はまだ適っていなかったということだろう。第三句集『一木一草』になると、

花いまだ念佛櫻とぞ申す　第Ⅱ章

花に問へ奥千本の花に問へ　第Ⅲ章

をはじめ、

寂聴師天台寺晋山

みちのくの花摘みためて花御堂　一九八二年

たそがれてあふれてしだれざくらかな　第Ⅰ章

などの作品が散見するようになる。だが、爆発的に櫻が満ちてゆくのは次の『花下草上』からである。

『花下草上』は縁を結んだ人々を送りながら、いかに生きるかが強い命題となってゆく句集である。各地を巡りながら出逢った櫻を身の内に溜め、杏子自身が櫻になっていったかのようだ。まさに、

身の奥の鈴鳴りいづるさくらかな　『花下草上』一九九七年

である。

山姥の一夜を臥しぬ花の下　『花下草上』一九九八年

自在な境地を得、かつての「女書生」は「山姥」と化す。ともに杏子の自称である。山姥は白州正子や鶴見和子らの系譜である。能の老女にも近い。

櫻には満開までの段階を表す〈花三分〉〈花五分〉〈花万朶〉といった季語がある。「花の満ちゆく」さまを示そうとするならば、そうした追い方が自然であろうが、杏子はそもそも写生の技を第一に追求する作家ではなかったうえ、開花状況の微妙な差異に心を動かされることもなかった気がする。第Ⅱ章の〈花いまだ〉のような驚きを伴う場合は別として。唯一の例外は、

花三分睡りていのち継ぐ母に　『花下草上』二〇〇二年

だと筆者は思っている。このころ杏子は実に多くの先達を送っているが、句

集には悼句の合間に母を看取りゆく句が挟み込まれている。母は翌年の時雨忌に亡くなるのだが、このとき実際に〈花三分〉であったかどうかということより、母の「いのち」の炎に見入る心持ちが〈花三分〉を選ばせたのではないかと想像するのである。杏子自身は周りの者たちにこうした時間を許すことなく逝ってしまったが。

禱りつつ急くな嘆くなさくら咲く　『日光月光』二〇〇五年

かなしまむ哭かむ嘆かむさくら舞ふ　『銀河山河』二〇一一年

構造は似ているが、境地はまるで異なる二句である。前句は他人に呼び掛けているようにも解せるが、自身を律する句であるほうが杏子らしい。何があろうと動ずるな、ゆっくり急げと自身に言い聞かせている。さくらも咲きだしたばかりで、花びらも蘂も凛と締まっている。対して後句はすべての感情を解放した句だ。さくらも大泣きするかのごとくに散華している。その理由は制作年に明らか。東日本大震災という途方もない災禍を前に、非力な人間のひとりとして、まず哭こうというのである。

この句が出された句座には筆者も同席していた。この肚の据わった嘆き方に、一同舌を巻いたのであった。

花の木のほとりにあそぶ尉と姥　『日光月光』二〇〇八年

灯してふたり棲む家花の家　『銀河山河』二〇一三年

花の夜はロールキャベツをあたためて　『銀河山河』同

花の夜のむかしがたりをしてふたり　『銀河山河』同

昔ばなし風の一連を、筆者は黒田夫妻の句としてとらえている。むろん成立後の俳句はフィクションとしてとらえればよいのであるから、その解し方がすべてではない。ただ「ふたり」は恋人であり同志であった昔から、手を携えて（見つめ合うのではなく）共に前を向いて歩いてきた者同士だと思うのだ。〈母とならねば祖母とはならず涼し〉（『日光月光』）と詠んだ杏子だが、「ふたり」は「おぢいさん」「おばあさん」にはなって、新たな自称に取り入れたりもしている。もちろん単なる爺と婆ではなく、「尉と姥」。即ち能の世界に「あそぶ」精霊のような存在である。生身のふたりを超えて「むかしがたり」の「ふたり」へ。これもまた満ち満ちた花であると思うのである。

Ⅳ　花惜しむ

七句

ひとはみなひとわすれゆくさくらかな

『花下草上』

いつせいに残花といへどふぶきけり

『花下草上』

みな過ぎて鈴の奥より花のこゑ

『花下草上』

あの山の名残の花にちちとはは

『花下草上』

残花巡る山姥この世のちの世

『花下草上』

花惜しむ筵をのべてたそがれて

『日光月光』

水底のねむりの底に散るさくら

『銀河山河』

〈花を待つ〉と異なり〈花惜しむ〉は歳時記に「ある」。〈花〉の項に傍題として載っていることが多い。つまり「惜しむ」とは、散りゆくことのみを対象にするとは限らないのだろう。同じ惜しむでも〈春惜しむ〉は、〈行く春を近江の人と惜しみける　芭蕉〉の印象も強く、まぎれもなく晩春の季語である。早春やたけなわの春には、惜しむというより楽しむ。一方花の場合は、満開の花に向き合っていてもやがて散ることをかなしみ、今しばし、と祈る。この執着とも呼べそうな心が即ち〈花惜しむ〉であろう。

そう考えれば〈花惜しむ〉は〈花を待つ〉ころから始まっていたともいえる。「花は盛りに、月は隈なきをのみ見るものかは」という兼好法師の言葉がいよいよ響く。咲く前は期待感に胸膨らませ、散りきってなお余韻にひたり、葉桜にたまさか見出す花（余花）を喜ぶ。余花は余りの花ではなく、余韻の花であったかと改めて思うのである。

杏子が三十歳のときに発心した「日本列島櫻花巡礼」を、自ら打ち止めとしたのは五十七歳のときである。句集でいえば第三句集『一木一草』までである。そののちは花どきのみをターゲットにするのではなく、また、いつまでと期限を定めるのでもない、急がない「残花巡礼」を志した。第四句集『花下草上』は「残花巡礼」初の句集といえるが、ここまで読んできたように杏子の〈櫻〉はこの句集から弾けるように開花する。櫻の季語の深まりは肩の力が抜けてから、ということもできそうだ。

では句集のタイトルとなった「花下草上」とは何か。その意味、由来を見ておこう。

「『花下草上』という四文字を、私はよく書く」と語るのは、二〇二一年三月に亡くなった篠田桃紅である。「春になると書きたくなる字である」そうだ。「樹下石上」はきびしく覚悟が要りそうだが、「花の咲く下、草の上。人間にとってなつかしい空間」（月刊「うえの」二〇〇〇年四月号）と語る。桃紅の好んだ言葉といえるだろう。杏子は二〇〇四（平成十六）年、『家庭画報』誌上で桃紅と対談している。その様子を少し覗いておこう。

篠田　毎日、描きたいものが湧いてくるの。心の中に湧く、形なきものを形あるものにしたいというのが私の仕事なので。目に視えない想いを目に視えるものにする。集中して一つの作品を描いていても、不思議なことにその次の作品が浮かんでいるの。（略）描くこと、創ることが、次を誘っているのだと思う。

（「第二章　達人対談——昨日・今日・明日」『俳句列島日本すみずみ吟遊』）

読み進むほどに「篠田」の言葉は「黒田」の言葉として響く。『墨いろ』

（一九七八年刊／日本エッセイスト・クラブ賞受賞）以来の「桃紅ファン」である杏子が、この対談によって更にインスパイアされたことは間違いない。自ら「句集『花下草上』のヒントになった」と語ってもいる。次々に湧いてくる懐かしむ心を、既存のスケールにとらわれることなく、十七音字にとどめ続けたもの。それが句集『花下草上』なのかもしれない。

いつせいに残花といへどふぶきけり　『花下草上』二〇〇〇年

この句は季語の本意そのものと思う。残花の季節を待たず、私の心にいつもふぶいている句だ。

なほ残る花浴びて坐す草の上　『花下草上』二〇〇一年

第Ⅰ章に収めた句。こちらはまさに「花下草上」。満開の花の下ではなく

「残花の下」であるのは、残花巡礼だからであり、同時に先達の多くが過ぎた（＝亡くなった）という実感によるだろう。

ひとはみなひとわすれゆくさくらかな　『花下草上』一九九六年

みな過ぎて鈴の奥より花のこゑ　『同』二〇〇一年

一句目は社会学者の上野千鶴子氏の推しの句。死による「喪失は何ものによっても埋め合わせることはできませんが、それをそのものとして受け入れようという実に含蓄の深い句」（「ぜぴゅろす」二〇〇九年夏第五号）と語っておられる。

あの山の名残の花にちちとはは　『花下草上』二〇〇四年

前年に母を送り、両親がかの世に揃った初めての春である。たっぷりと悲しみ、悼み、そして穏やかに懐かしむ名残の花なのである。

残花巡る山姥この世のちの世　『花下草上』二〇〇四年

「この世」のみならず「のちの世」も、というのは新たに身に備えた時空感覚かもしれない。二つの世の境界を払うためには「人間」を超えた存在に化身する必要がある。「山姥」は真夜中に刃を研ぐおとぎ話の山姥ではなく、能の「山姥」であり、ここでは花に狂う存在である。杏子が尊敬する先達、白州正子と鶴見和子も「山姥」を自称した。彼女たちの系譜を引く者としての、誇りに満ちた名告りとみてよいだろう。残花となっていよいよ佳境に入ってきた様相である。

「この世のちの世」はこの先にも、

花満ちて花散りてこの世つぎの世　『日光月光』二〇〇八年

原発忌福島忌この世のちの世　『銀河山河』二〇一一年

と詠み継がれてゆく。二〇〇三年に長寿であった母をついに看取ったことと無関係ではなかろう。私事を持ち出すのは憚られるが敢えて記すと、私が母を送ったのは五十一歳のときである。その直後「晩年感」としか言い得ない不思議な感覚が生じた。死に対する親和感のようなものといおうか。彼岸とは渡るものではなく、身を翻せばそこにある時空であると感じるようになったのだ。

「この世のちの世」は一続きになった時空を表す。ゆえに句意は、死によって断たれることは決してなく永遠に花を巡り続ける、となるのではないか。痺れるような陶酔感を覚える句である。

みな過ぎて櫻月夜となりしかな　『銀河山河』二〇一一年

水底のねむりの底に散るさくら　『同』二〇一二年

東日本大震災ののちの作。「みな過ぎて」の「みな」はこれまでは直接縁を結んだ誰彼であることが多かったが、大震災を境に、縁を結ぶことになったかもしれない人々、を指すようになった。「藍生」の仲間は東北にも多く、福島は長く文学賞の選者を務めた地でもあるのだが、そうした直接間接の縁を超えて「みちのく」の花を思い、猛ったわだつみの底に今もねむる魂に祈るようになったのである。

花惜しむ筵をのべてたそがれて　『日光月光』二〇〇六年

既刊句集に「花惜しむ」フルセットでの用例として抽けるのはこの一句の

みである。だが冒頭に述べたように、花を惜しむのに散り始めるのを待つ必要はない。惜しむのは万朶の花であってもよいのだ。

前掲桃紅のエッセイにはこんなくだりがある。花見のブルーシートを「ゴザにすれば、こぼれたお酒は桜の根に沁み養分になる」。「桜の花にあのビニールの青色は似合わない」と述べたのち、「都会の『花下』を草原にすることはもう無理なら、せめてお花見は草で作るござで、ということにしていただきたい。『花下草上（変形）』というわけ」。杏子のこの句はまさに「花下草上（変形）」の景である。黄昏時にさしかかっているようだから、一日が終わることを惜しんでもいよう。

〈花惜しむ〉とは〈今生の今日の花とぞ仰ぐなる　石塚友二〉の心であろう。万朶の花、残花、余花と巡ってきた杏子の生そのものが、まさに花を惜しむこころざしに貫かれているといえるだろう。

V　花巡る

十句

おへんろのわれ花の下草の上

『花下草上』

巡り辿れる花冷の夜の鈴

『花下草上』

残花巡らむ荷を軽く人遠く

『日光月光』

千年のさくらをめぐる鉦の音

『日光月光』

なほしばしこの世をめぐる花行脚

『日光月光』

花巡るこの世かの世をなつかしみ

『銀河山河』

西国の名残りの花を巡らばや

『銀河山河』

ふくしまの余花を巡りて日の暮れて

『銀河山河』

花行脚ゆつくりいそぐこののちも

『銀河山河』

ゆるされて七十四歳花行脚

『銀河山河』

第Ⅴ章の章名は〈花巡る〉としたが、これを季語と呼ぶには無理がある。この場合は〈花〉が季語であって、「巡る」は個人の行為、動作だ。だが杏子の場合は、これこそが生きる指針であり、季語と同格のものとなって作品に現れる。

何度も記すが「日本列島櫻花巡礼」は杏子三十歳からの行《ぎょう》であり、そののちは「残花巡礼」に移ったのであるから、「花巡る」のフレーズが句の中に無くても、花の句はすべて「巡る」句であるはずだ。だが、「花巡る」の形で句集に登場するのは、これもまた『花下草上』からなのである。

「花巡る」の初出は、第Ⅰ章に収めた、

花巡る一生《ひとよ》のわれをなつかしみ　『花下草上』一九九八年

であるが、この句の提示する時間は「一生」である。一生と呼べるだけの時間とそれを振り返ってみようとする心が必要だったのだろう。一九九八（平成十）年とは杏子が還暦を迎えた年だ。現代の還暦は高齢とはいえないが、暦が還るという事実を前に考えることは多い。たとえば大学卒業以来籍を置いた広告会社・博報堂は六十歳が定年である由。草鞋を一足脱ぐ年でもあった。生まれてからの六十年を顧みて、「櫻花巡礼」を始める以前も櫻が身近な暮らしであったことに気づきもしただろう。戦時、うぶすなと呼ぶ本郷から栃木への疎開を余儀なくされたことは、憤ろしいことであったが、栃木での暮らしは豊かな季語の記憶を杏子に与えた。巡礼を発心するまでの三十年、発心後の三十年をまるごとなつかしみ、「一生」と呼ぶ句なのであろう。

おへんろのわれ花の下草の上　『花下草上』二〇〇二年

は「花巡る」の変則形である。第Ⅳ章にも抽いた篠田桃紅の「花の咲く下、草の上。人間にとってなつかしい空間である」を踏まえて読めば、まなじりを決して満開の花を追うのではなく、懐かしい空間に身を置いて心を遊ばせる「おへんろのわれ」が見えてくる。

巡り辿れる花冷の夜の鈴　『花下草上』二〇〇五年

この句は、

一介の老女一塊の山櫻　『花下草上』

ゆつくりとゆつくりとゆけ花の闇　『同』

の二句の間に置かれている。樹というより塊となった老山櫻の花明りに進み出る老女。「鈴」は遍路の鈴であろうが、老女の衣ずれととらえても、また身の奥に秘めた鈴であってもよいだろう。花を巡り、老女は再び「ゆっくりと」橋懸りを戻ってゆく。句集『花下草上』は脳内に能舞台を設えて読み進めると心地良い。

残 花 巡 らむ 荷 を 軽 く 人 遠 く　『日光月光』二〇〇七年

『日光月光』時代の「巡る」はこの句に始まる。「軽く」はあっても「荷」という現世的なものを負って、文字通り「日光月光」の下を歩き出す。

千 年 の さ く ら を め ぐ る 鉦 の 音　『日光月光』二〇〇九年
東 京 の さ く ら を め ぐ る 木 綿 着 て　『日光月光』同

鈴の音より輪郭のはっきりした「鉦の音」が響き、「東京」の空気を吸い、気に入りの「木綿」に身を包む等身大の姿が見える。『花下草上』時代には内へ、『日光月光』時代には外へ、杏子の「一生」が響く。自らに課した「ゆつくりと」は「なつかしむ」と表裏一体となって「一生」を耕し続けるのである。

なほしばしこの世をめぐる花行脚　『日光月光』二〇〇九年

いそがずに花巡りきし四十年　『銀河山河』二〇一一年

花行脚ゆつくりいそぐこののちも　『同』二〇一二年

「いそがずに」は即ち「ゆつくりいそぐ」である。

花巡るこの世かの世をなつかしみ　『銀河山河』二〇一一年

「この世」と「かの世」の間にもう境界は無く、共になつかしむ対象になっている。

西国の名残りの花を巡らばや　『銀河山河』二〇一一年

ふくしまの余花を巡りて日の暮れて　『銀河山河』同

かつて巡った遍路巡礼地の花のみならず、二〇一一年の災禍に遭ったかの地へ、花を介して思いを寄せてゆく。祈るといいかえてもよいだろう。杏子の「詠む」は祈るに似ているが、「巡る」も祈るになってゆく。ゆえに、

ゆるされて七十四歳花行脚　『銀河山河』二〇一三年

の「ゆるされて」が実に自然に置かれることになる。上五の「ゆるされて」

は、ここまでの句集にはこの一句の他に無い。この語も「一生」と同じく、おいそれとは使えないだろう。

Ⅵ　最期の櫻

最終句集『八月』より

五十句

引越してきて東京の花を待つ

二〇一四年

本郷の弓町の初櫻かな

花満ちてどこへもゆかず本読んで

かがやかに記憶の廃墟花の雲

咲き満ちて千代田区千代田花の雨

二〇一五年

四月十五日　藤平寂信師　九十二歳

酒のしみたるなつかしき花衣

かなしきことをかなしみて花を待つ

二〇一六年

いちにちを生きていちにち花を待つ

はるかよりきし花びらのかの世へと

そろそろと花の都を徘徊す

秩父小鹿野の新井清さん

花の雨さくらを植ゑてきしひとに

二〇一七年

花巡るいつぽんの杖ある限り

荒凡夫存在者花降りやまず

二〇一八年

選句天職雪を聴き花を待つ

二〇一九年

初花の天に凍れる高野かな

四月七日「藍生」例会にイタリア詩人マルティーナ・ディエゴ氏初参加

五句投句選句羅馬《ローマ》人《びと》花の句座

日光月光花巡れ花浴びよ

みづうみや観音の闇花の闇

亡き人と語るべく花巡りきし

さすらうて櫻の國に存へて

櫻花巡りて句を賜ふ歓喜なほ

もう何も欲しくはなくて花を待つ
どの花の木と申さねど花を待つ
ほのぼのとめざめてふたり花を待つ

二〇二〇年

花を待つわれをよろこび花を待つ
かの山のわたくしを待つ山櫻
山に雨谷間谷間に山櫻

本郷の七階に聴く花の雨
八十の花の記憶の無盡蔵
逢ひにきて近づいてゆく朝櫻

発心の花巡りきし禱りきし

それぞれに生きて一日を花の句座

濃むらさき寂聴さんの花衣

脊梁山脈みちのくの花の闇
音立てて天に到れる花篝
花を待つどこへも行かぬ日々重ね

二〇二一年

櫻花巡礼　発心のその昔

三十の身体髪膚花の闇

怯まずにひたすらに来て花の闇

無鉄砲それも本領花の闇

花の闇はるかかなたに花篝

櫻花巡礼　満行ののち

残花巡らむ六十の身とところ

月光の残花の道をよろこびて

七十のこの身吹かるる余花の山
余花一片あかときの天蒼ければ
生涯の父母の励まし余花の峰

磯見漁師　斉藤凡太さん　立春の暁方に大往生

天上大風良寛さんと花を浴び

二〇二二年

葉櫻のしだれいつしか地にとどき

ゆつくりと急ぎながらへ花を待つ

二〇二三年

四万十市石見寺に句碑

花巡る一生《ひとよ》のわれの句でありぬ

満開の花巡りきし果報者

最終句集『八月』は杏子本人が編んだものではない。二〇二三年、『八月』というタイトルで八月までに刊行することを願いつつ、突然この世を去ることとなったからだ。刊行までの経緯については『八月』のあとがきに書いたので、ここには句集のあらましを記しておきたい。

さきの句集『銀河山河』には二〇一三年八月までの作品が収められている。『八月』の対象期間はそのあと、二〇一三年九月から二〇二三年三月までのおよそ十年間である。夫君の黒田勝雄さんからアドバイスを受け、「藍生」の主宰詠と角川「俳句」の巻頭特別作品五十句をメインにすることとなり、予めかなり絞ることができたが、それでも資料は小型の段ボールに二杯ほど。ここから抽けるのは、たったの四百句弱——とあって更に考えたのは、

①最も伝えたい姿が刻まれるように

②晩年の暮らしぶりが見えるように

ということだった。杏子は二〇一三年末、長く住んだ市川の戸建てから「うぶすなの本郷」のマンションへ転居し、二〇一四年の元日は本郷で迎えている。自身で「終のすみか」と語ってもいたから、晩年の舞台設定は「転居」から始めることにした。

二〇一五年八月、脳梗塞に斃れ、リハビリを経て蘇るも、それ以前とは生活様式を変えざるを得ず、更に二〇二〇年、新型コロナ禍で逼塞を余儀なくされた。かつては韋駄天と呼ばれるほどの行動力で次の境地を切り拓いて行った杏子であったが、おのずと回想の句が増えていった。

そうした中にあって、いかに自分らしい句を生み続けるか。大きな課題に立ち向かった杏子の努力のほどは計り知れないが、最期まで一貫していたのは「心のままに」ということだったと思う。

第Ⅵ章は「最期の櫻」として『八月』のみから五十句抽いたが、何の苦もなくといえるほど〈櫻〉に溢れていた。つまり、心に従って詠み継いだ杏子と、「らしさ」を探った筆者の焦点が重なるところに〈櫻〉があった。

杏子の仕事は多岐にわたっていたが、その芯のところにはいつも無垢な櫻の俳人がいた。命のある限り櫻を詠み、この世に櫻が満ちる少し前に、かの世へ櫻を追って往ってしまった。

《参考文献》

◇黒田杏子の句集一覧

『木の椅子』一九八一（昭和五十六）年刊　牧羊社
『水の扉』一九八三（昭和五十八）年刊　牧羊社
『一木一草』一九九五（平成七）年刊　花神社
『花下草上』二〇〇五（平成十七）年刊　角川書店
『黒田杏子　句集成』二〇〇七（平成十九）年　角川書店
『日光月光』二〇一〇（平成二十二）年刊　角川学芸出版
『銀河山河』二〇一三（平成二十五）年刊　角川学芸出版
『八月』二〇二三（令和五）年刊　角川書店

◇黒田杏子の主なエッセイ集

『黒田杏子歳時記』一九九七（平成九）年刊　立風書房
『花天月地』二〇〇一（平成十三）年刊　立風書房
『布の歳時記』二〇〇三（平成十五）年刊　白水社
『季語の記憶』二〇〇三（平成十五）年刊　白水社
『俳句列島日本すみずみ吟遊』二〇〇五（平成十七）年刊　飯塚書店
『暮らしの歳時記』二〇一一（平成二十三）年刊　岩波書店
『手紙歳時記』二〇一二（平成二十四）年刊　白水社

あとがき

「藍生」誌に「テーマ別黒田杏子作品分類」の連載を始めたのは二〇一九年一月号でした。その年の三月号には「雛」、四月号には「朧」をとりあげ、翌年には一月号で始めた「ちちはは」が五月号に及び、結果的に「櫻」に取り組んだのは三年目の二〇二一年となりました。「正月」に始まり「十二月」に終えた最終年は、二月号に辛夷との印象的な出逢いを納め、八月号に誕生日の句を含めた「八月」を取りあげたほかは、「櫻」と「月」三昧となりました。準備期間も無く始めてしまった連載でしたから相当場当たり的でしたが、顧みればすべてが必然のようにも。先生の巡礼の生涯を辿るには三年間は短すぎましたが、深く師と向き合うことが叶い、有意義でした。

先生の巡礼というと櫻花、観音、遍路の巡礼吟行を連想されることが多いのですが、先生はそもそも発想のしかたや行動様式が巡礼的でした。実行しながら次の展開を考え、ときに軌道修正をしながら継続する。決してエンドレスではなく、遠くはあれど必ずゴールが設定されている――この考え方の根幹には高浜虚子の「武蔵野探勝」吟行があったと思いますが、最終的には独自の企画として成就させたところが見事です。

「櫻」はそうした巡礼の発端といえます。ある夜「日本列島櫻花巡礼」を思いつき、ノートに記したところから始まった、と聞くとドキドキしませんか。私たちにもその瞬間が到来することを願いつつ、『黒田杏子俳句コレクション』最終巻のさくら色の一集をお届けします。

二〇二四年　魚上氷《うをこほりをいづる》候に

髙田　正子

略歴

黒田杏子（くろだ　ももこ）

俳人、エッセイスト。

一九三八年、東京生まれ。

一九四四年、栃木県に疎開。宇都宮女子高校を経て、東京女子大学心理学科卒業。

山口青邨に師事。

卒業と同時に広告会社博報堂に入社。「広告」編集長などを務め、六十歳定年まで在職。

一九八二年、第一句集『木の椅子』にて現代俳句女流賞および俳人協会新人賞受賞。

青邨没後の一九九〇年、「藍生」創刊主宰。

一九九五年、第三句集『一木一草』にて俳人協会賞受賞。

二〇〇九年、第一回桂信子賞受賞。

二〇一一年、第五句集『日光月光』にて蛇笏賞受賞。

二〇二〇年、第二十回現代俳句大賞受賞。

「件」創刊同人、「兜太　TOTA」編集主幹。

日経俳壇選者、星野立子賞選者、東京新聞（平和の俳句）選者、伊藤園お～いお茶新俳句大賞選者ほか、日本各地の俳句大会でも選者を務めた。

栃木県大田原市名誉市民。

『黒田杏子歳時記』、『第一句集　木の椅子　増補新装版』、『証言・昭和の俳句　増補新装版』編・著、『季語の記憶』ほか著書多数。

一般財団法人ドナルド・キーン記念財団理事。俳人協会名誉会員。

一般社団法人日本ペンクラブ、公益社団法人日本文藝家協会、脱原発社会をめざす文学者の会各会員。

二〇二三年三月十三日永眠。

編著者略歴

髙田正子（たかだ　まさこ）

一九五九年　岐阜県岐阜市生まれ
一九九〇年　「藍生」（黒田杏子主宰）創刊と同時に入会
一九九四年　第一句集『玩具』（牧羊社）
一九九七年　藍生賞
二〇〇五年　第二句集『花実』（ふらんす堂／第二十九回俳人協会新人賞）
二〇一〇年　『子どもの一句』（ふらんす堂）
二〇一四年　第三句集『青麗』（角川学芸出版／第三回星野立子賞）
二〇一八年　『自註現代俳句シリーズ　髙田正子集』（俳人協会）
二〇二二年　『黒田杏子の俳句』（深夜叢書社）
二〇二三年　『日々季語日和』（コールサック社）
編著『黒田杏子俳句コレクション1　螢』（コールサック社）

『同2　月』（コールサック社）
二〇二四年「青麗」創刊主宰
『同3　雛』（コールサック社）
公益社団法人俳人協会評議員。ＮＰＯ法人季語と歳時記の会理事。公益社団法人日本文藝家協会会員。中日新聞俳壇選者、田中裕明賞選者、俳句甲子園審査員長ほか。

石炭袋

黒田杏子俳句コレクション4　櫻

2024年3月20日初版発行
著　者　黒田杏子
（著作権継承者　黒田勝雄）
編著者　髙田正子
編　集　鈴木比佐雄・鈴木光影
発行者　鈴木比佐雄
発行所　株式会社 コールサック社
〒173-0004　東京都板橋区板橋 2-63-4-209
電話 03-5944-3258　FAX 03-5944-3238
suzuki@coal-sack.com　http://www.coal-sack.com
郵便振替　00180-4-741802
印刷管理　（株）コールサック社　制作部

装幀　松本菜央

落丁本・乱丁本はお取り替えいたします。
ISBN978-4-86435-574-2　C0392　￥1800E